THÉORIE

DE

L'AMOUR ET DE LA JALOUSIE.

Bruxelles.—Impr. de A. Labroue et C⁰, rue de la Fourche. 36.

THÉORIE

DE

L'AMOUR ET DE LA JALOUSIE.

PAR

P. J. STAHL.

[HETEL]

BRUXELLES.

J. B. TARRIDE, LIBRAIRE-ÉDITEUR,
RUE DE L'ÉCUYER, 8.

1855

DÉDICACE.

A MADAME ***.

S'il est un sujet sur lequel il soit toujours permis à un galant homme de dé-
raisonner, c'est à coup sûr celui qui sert de
titre à ce qui va suivre.

De l'amour, en effet, et de tout ce qui
touche à l'amour, on peut tout dire, le
pour et le contre, le oui et le non, sans
avoir jamais tout à fait tort ou tout à fait
raison. C'est le texte impossible et attrayant
par excellence. C'est la chose subtile et in-
définissable par essence.

Il se dit tous les jours de l'amour mille choses vraies plus contradictoires les unes que les autres, et tous les soirs il s'ajoute aux choses dites le matin mille choses fausses, les plus irréfutables du monde.

Un livre qui se proposerait de dire ce *que c'est que l'amour* ne pourrait être qu'un livre sans fin. J'estimerais déjà quelqu'un qui saurait au juste par où le bien commencer.

Un homme qui écrirait du matin jusqu'au soir, et qui vivrait cent ans, pourrait mourir avant d'en avoir achevé seulement la préface.

Il faut être bien jeune pour parler de l'amour; et je crois pourtant qu'eût-on l'âge du monde, on aurait encore quelque chose à en dire et tout au moins à en penser.

La vérité vraie sur l'amour, où la prendre? Serait-ce au fond d'un puits, ainsi que l'autre, la vérité mythologique, la vérité de la Fable? Quelques-uns ont été l'y chercher, hélas! sans l'y trouver.

Faut-il la demander aux sages? Mais un

sage qui connaîtrait l'amour serait-il bien un sage ?

Faut-il, au contraire, la chercher chez les fous ? Je serais tenté de le croire. Mais la folie est un don du ciel, et il n'est donné à aucun des êtres dont la raison peut se renfermer dans les limites du bon sens de comprendre les créatures privilégiées que nous accusons de folie. Tout fou est un sphinx, et nous ne sommes des OEdipes que devant les rébus des journaux à images.

Convient-il mieux de s'adresser aux médecins ? Mais quoi ! l'amour serait donc une maladie ?

S'adressera-t-on aux savants ? L'Amour ne se cache pas derrière les rayons poudreux d'une bibliothèque ; l'amour n'est point une science.

Aux amoureux ? Mais celui que l'amour remplit s'amusera-t-il à s'interroger pour nous répondre ?

A ceux qui, ayant été amoureux, ne le sont plus — et il s'en trouve ? — Essayez donc de faire parler les morts !

Ou bien, enfin, à ceux qui, n'aimant point
encore, ont pourtant leur cœur tout grand
ouvert pour aimer? Peut-être. Un peu de
vérité pourrait bien sortir de ces cœurs
innocents. C'est un grand peintre que le
désir. Mais les palettes les plus riches ne
sont pas toujours les plus fidèles.

L'amour — bien suprême! disent les uns.

Le pire des maux! s'écrient les autres.

Il est un vieil air d'opéra dont les paroles charmantes me reviennent à l'esprit
toutes les fois que je suis sur le point de
médire de l'amour :

> Si l'amour ne causait que des peines
> Les oiseaux amoureux ne chanteraient pas tant.

Qui sait? c'est peut-être aux chansons,
c'est peut-être aux oiseaux qu'il faudrait
demander *ce que c'est que l'amour?*

Il y a bien longtemps, plus de deux lus-
tres, hélas! douze ans tout au moins, je fus
prié, un soir, par un de mes amis, d'écrire
pour lui ce que je pensais de l'amour, puisque

je semblais dire qu'il n'y entendait pas grand'chose, bien qu'il eût écrit dès cette époque d'admirables livres tout remplis de passion.

Je lui répondis en quatre pages qui furent imprimées depuis sous ce titre : *Ce que c'est que l'amour, et si l'on s'aime.*

Il est un âge où l'amour semble la chose la plus simple du monde, précisément parce qu'il en est encore la plus grande, et j'avais peut-être cru tout dire dans ces quatre pages. Je n'avais dit que tout ce que je pouvais dire alors.

Il y a quelque temps, une charmante jeune femme, la femme d'un de mes bons amis, la plus aimée et néanmoins la plus jalouse des femmes de Paris, où je crois me souvenir que l'on est très-jaloux, madame ***, dis-je, piquée de certains propos que j'avais tenus devant elle contre ce péché de son cœur, me fit promettre de *rédiger* un jour, et tout à fait à son intention, quelque chose comme un mémoire, non pas sur l'amour précisément, mais sur ce sujet qui nous trouvait si peu d'accord : sur la jalousie ; s'engageant à me répondre, ligne pour ligne, page pour page au besoin.

Qui a bu boira, a dit Rabelais ; qui a écrit écrira, pourrait-on dire avec non moins de raison. Au plus paresseux il ne faut souvent qu'un prétexte.

Si quelque chose nous manqué dans la Belgique hospitalière, ce ne sont pas les loisirs ; et bien que de ces loisirs je ne puisse pas dire avec le poëte « qu'un dieu nous les a faits, » celui qui nous a fait les nôtres n'étant pas dieu encore, malheureusement, ces loisirs aidant, je me suis rappelé ma promesse et l'ai remplie de mon mieux, sinon bien, et avec toute la conscience d'un homme qui n'avait rien de mieux à faire, conscience qu'il faut mettre même dans les petites choses.

Le temps est un grand maître : peut-être madame *** est-elle guérie de son mal ; peut-être mon *mémoire* arrivera-t-il trop tard ; je le souhaite.

Qu'elle me permette en tout cas de lui offrir cet humble essai, dont elle voudra bien, j'ose l'espérer, accepter sans rancune la dédicace.

P. J. STAHL.

———————

PREMIÈRE PARTIE.

I

Celui qui aime d'un véritable amour n'est point jaloux. L'amour, c'est avant tout la confiance. Oter à l'amour la confiance, c'est lui ôter le sentiment de sa force et de sa durée, c'est lui ôter toute sa sérénité, partant toute sa grandeur. Si celle que tu aimes ne souffre pas de ton soupçon jaloux comme de la plus cruelle offense, elle ne t'aime pas. La jalousie, c'est de l'amour malade, or, l'amour malade ne guérit jamais, toutes les maladies de l'amour sont mortelles.

Il serait plus vrai de dire qu'on peut être jaloux sans amour que de prétendre qu'on peut aimer et être jaloux.

II

L'amour est d'invention moderne. Les anciens n'ont point, à proprement parler, connu l'amour : aussi ont-ils tous, et avec un concert auquel il n'a manqué qu'une voix (celle d'Homère, il est vrai, qu'Hélène trouva indulgent), maudit et, qui pis est, insulté et la femme et l'amour.

Écoutez-les :

— Hésiode : « Celui qui se fie à une femme se fie à un voleur. »

— Eschyle : « O Jupiter, quel pré-

sent tu nous as fait! les femmes, quelle
race!... »

— PLATON : « Celui qui aura failli sera
changé en femme à la seconde naissance. »

— EURIPIDE : « On a su (c'est un dieu)
trouver quelques remèdes à la morsure des
bêtes féroces et des serpents; mais contre
la femme, fléau pire que la vipère et que la
flamme, on n'a rien trouvé jusqu'à ce jour.»

— CHÆREMON : « Il vaut mieux enterrer
sa femme que de la conduire à l'autel. »

— ARISTOPHANE : « Pourquoi mettre tant
de soins à garder une peste? »

— « La femme est un joli défaut de la
nature, » a dit un autre Grec, moins brutal,
mais plus impertinent peut-être que ceux
que nous venons de citer. Etc., etc., etc.

Et rien de plus explicable que ces dé-
dains et que ces colères, si on se place au
point de vue de l'époque qui les exprimait.
Il n'y a d'amour possible qu'entre égaux :
or la femme n'était pas chez les anciens,
elle est à peine aujourd'hui dans nos lois
l'égale de l'homme, comment auraient-ils

pu l'aimer? Aime-t-on ce qu'on ignore?

Les anciens n'ont donc pas connu l'amour, et cependant personne, mieux qu'eux, n'a connu et représenté la jalousie. Ils en ont fait la sœur de la livide Envie; comme elle, ils l'ont couronnée de serpents.

Pour ce qui est de leur Amour, avec ses petites flèches et son absurde carquois, c'est tout au plus la caricature de l'amour. Cette grotesque image ne donne pas plus l'idée de ce sentiment divin qu'une idole chinoise ne peut donner l'idée de Dieu.

Ils ont représenté ce petit dieu (car ils ont fait de l'Amour un petit dieu, un gros enfant trop bien portant), ils l'ont représenté une torche à la main et un bandeau sur les yeux. Pourquoi la torche, ou pourquoi le bandeau? A quoi bon ce feu, sans sa lumière? La fable de Psyché est une insulte à l'amour. Cupidon, Vénus, tous les Cupidons, toutes les Vénus de l'univers païen, les dieux de Tibulle et d'Ovide, n'inspireront jamais de nos jours que des Gentil-Bernard ou des Parny plus ou moins licencieux.

La société moderne a payé ces vieilleries plus qu'elles ne valaient en les couvrant de petits vers comme les bonbons : ce sont amours de confiseurs.

L'amour est un feu qui vivifie et non une flamme qui dévore.

Entendre l'amour autrement, c'est le réduire à n'être plus que ce qu'il était au temps des faux dieux : c'est-à-dire le brutal appétit des sens, quelque chose qui a pour compagnons les jeux et les ris, quelque chose qui se fait mieux après qu'avant dîner, quelque chose à quoi aide le vin et qui complète l'orgie.

Quand Jésus-Christ, aidé de ses apôtres, n'aurait apporté au monde nouveau que l'amour chrétien, celui qui a fait de la mère l'égale du père, de la femme l'égale du mari, on comprendrait qu'on l'ait adoré et qu'on l'ait nommé le fils de Dieu.

De l'amour mythologique, mort dans nos consciences, mort dans notre poétique, pourquoi faut-il que nos mœurs aient encore gardé quelque chose, la jalousie !

III

L'amour nouveau n'aura atteint son complet développement que quand il aura répudié ce triste héritage. Tout le monde prétend aimer ; mais, au fait, qui est-ce qui aime ? S'il fallait croire tous ceux qui se disent amoureux, tous les soirs la moitié de Paris serait ivre d'amour pour l'autre moitié de cette ville fortunée. Hélas ! que n'est-ce vrai !

Nous rions aujourd'hui, et à bon droit, des fadeurs des Amadis d'un autre temps les mignardises répandues sur la carte du Tendre par les deux auteurs du roman de la Rose nous paraissent des jeux d'esprit incroyables, et nous repoussons bien loin l'idée que ce qu'on appelait l'amour alors fût ce que nous savons être l'amour aujourd'hui. Il est pourtant infiniment probable que, dans une centaine d'années, dans moins peut-être, notre langue amoureuse, si poétique, si élevée, si onctueuse que nous la jugions, ne sera à son tour, pour les amoureux qui nous auront succédé, qu'un incompréhensible galimatias. Il ne faut pas défier l'avenir; il est plus que probable qu'il renferme presque tout ce que nous nions à l'heure qu'il est. Ce que nous sommes aujourd'hui, qui donc se doutait que nous le serions jamais? Supposons donc un instant que les lois sur lesquelles reposent les rapports des deux sexes soient un jour modifiées. Imaginez qu'une liberté égale est laissée à l'homme et à la femme; supprimez du vocabulaire actuel deux ou trois mots qui témoignent

encore de l'esclavage de la femme ; débar-
rassez surtout, au nom de la liberté des
cœurs, les relations amoureuses de l'imbé-
cile et féroce oppression de ce code sauvage
qui assure au mari qu'on dit outragé, quand
trompé serait assez dire, le droit de deve-
nir impunément un assassin ; faites qu'on
ne se puisse plus trahir par cela seul qu'on
aurait le droit de se quitter, qu'on ne se
puisse plus mentir parce que le mensonge
ne serait jamais nécessaire ; faites enfin de
la femme légère quelque chose de pis qu'une
coupable, faites-en une femme dépravée ;
qu'elle le soit sans les circonstances atté-
nuantes qu'elle puise dans le poids même
de sa chaîne ; qu'elle le soit lâchement, et
il en sera ainsi du moment où elle l'aura été
sans danger ; que ferez-vous alors de la jalousie ? De ce qu'elle sera devenue impossible, puisqu'elle sera sans cause, croyez-
vous que l'amour en sera plus malade et la
famille moins honorée ?

A l'exception des avocats de cours d'as-
sises, qui donc y perdra quelque chose ?

IV

Incertains des autres et de nous-mêmes,
comme nous le sommes, incapables de fixer
notre volonté d'une façon immuable ; mais
sollicités par ce qu'il y a en nous de supé-
rieur aux choses de la terre, nous avons un
si naturel mépris de notre propre fragilité,
une si juste défiance de nos forces, qu'au
moment même où nous donnons notre cœur
tout entier, nous sentons le besoin d'ajou-
ter à ce don toutes les paroles, tous les actes

qui semblent pouvoir en garantir la pos-
session. De là ces serments téméraires, ces
engagements, ces liens, ces contrats bizarres
dont essayent les amants pour nouer sans
retour l'avenir au présent. Fous que nous
sommes! De quoi témoignent toutes ces
précautions, si ce n'est de notre infirmité?
Si la constance était de ce monde, organisé
comme il l'est; si tout ce qui commence
n'était pas condamné à finir, aurions-nous
besoin d'entourer de tant de solennité ce
que le vœu seul de nos cœurs suffirait à
accomplir? Quand donc nous jurons, nous
ne prouvons rien, si ce n'est que nous sentons que notre honneur pourrait bien avoir
à payer un jour les dettes de notre cœur, et
que l'amour lui-même n'est rien si la loi
du devoir ne lui vient en aide.

Or mettez donc la passion en face de
cette grande idée, le devoir! et qu'on me
dise quel compte elle en pourra tenir.

Le mal vient donc de ceci surtout, qu'on
a prétendu faire de l'amour une passion.

V

Quoi ! l'avarice est une passion, l'envie aussi, la luxure aussi, etc., etc. ; et c'est ce nom mérité par les plus vils instincts de notre nature que vous ne rougissez pas de donner au plus noble élan de notre âme ! Le mot amour existe, ce beau mot, si bien fait, si doux, si euphonique dans toutes les langues, et vous le déshonorez en lui donnant pour équivalent le nom dont vous qualifiez vos vices quand ils sont poussés à l'extrême ! vous osez dire indifféremment : « J'ai de l'amour » et « J'ai une passion dans le cœur ! »

Non, l'amour n'est point une passion. Le mot passion n'est que le synonyme du mot besoin. Aussi doit-on être plus touché du plus petit sentiment qu'on inspire que de la plus violente passion qu'on allume. La fin de toute passion est une satisfaction égoïste et personnelle. La fin du plus léger battement d'un cœur amoureux est une pensée de dévouement. L'amour qui n'embellit pas l'âme n'est pas de l'amour. Aimer à côté du beau et du bon, c'est avilir son goût et sa personne. Si la femme que tu aimes n'est pas pour toi une créature immaculée, si dans tes rêves elle n'a pas la blancheur des séraphins, si tu ne lui vois pas d'ailes comme aux anges, si tu ne l'aimes pas jusqu'à l'adorer, si tu lui connais une tache, tu n'as pas d'amour pour elle. J'ajoute que si elle n'est pas pour toi une seconde conscience devant laquelle il te soit impossible de faillir, elle n'est pas

digne d'être aimée. L'amour, c'est le double
respect de soi-même et de l'être qu'on
aime. Avec de la passion, on aime Manon
Lescaut au beau milieu de ses vices, et l'on
est Desgrieux. Avec de l'amour, on aime
Juliette et l'on est Roméo. Quand je de-
vrais passer pour une jeune fille ; je dirais
volontiers que les amours chastes connais-
sent seules les vraies voluptés. L'amour
c'est peut-être l'innocence. Que si l'on me
répond qu'il est donc resté au Paradis ter-
restre, et qu'Adam et Ève ne nous en ont
rien rapporté que la passion telle qu'on la
ressent vulgairement, je dirai que les vertus dont on a le sentiment ne sont point
des vertus perdues, et que les cœurs de
bonne volonté ne seront jamais en peine
de les retrouver.

L'amour est au-dessus de la passion,
comme le ciel au-dessus de la rue, du trot-
toir, du ruisseau que tu viens de traverser.
Si ton amour descend jusqu'à la passion,
il n'est déjà plus de l'amour. Pleure-le; tes
larmes pourront encore l'honorer, mais

elles ne sauraient le sauver. Ce qui est fort peut-il donc être agité ? Ce qui est fort peut-il être en proie à toutes les misères, à toutes les inquiétudes, chères aux artistes, qui constituent cette sotte chose qu'on appelle la passion dans l'amour ? Ce qui est puissant a-t-il besoin d'être violent ? Direz-vous, et je cherche près de nous une comparaison qui vous saisisse, que c'est au moment où la chaudière éclate que se prouve sa solidité ? Toute passion est un excès et non une force, comme on a tenté de le dire. La passion n'est pas plus une force que l'ivresse ou la démence. Quand la passion se substitue à l'amour, cela veut dire que ce ne sont plus vos âmes immortelles qui s'aiment et que vous avez changé le feu du ciel contre le plus misérable des feux de la terre, celui qui n'échauffe plus que les corps. Or ce feu, permettez-moi de vous le dire, quelles que soient vos prétentions à cet égard, ce feu est de peu de chaleur et d'une chaleur vite éteinte. Que si vous ne vous aimez plus que parce que vous vous trouvez jeunes et beaux, je vous plains. Un plus jeune, une plus belle, moins que cela, la fatigue, la satiété vous sépareront au premier jour. C'est sur ce terrain que votre amour matérialisé ne tarde pas à rencontrer la jalousie.

VI

Cet ennemi une fois entre vous, c'en est
fait de votre amour. Il n'est rien, de ce qui
hier eût fait votre joie, qui ne puisse faire
aujourd'hui votre désespoir. Soyez donc
père, vous qui êtes jaloux ! Devenez donc
mère, pauvre femme qui êtes aimée sans
confiance, et dites-moi si de la plus pure
de vos joies en ce monde, le premier cri
de votre enfant nouveau-né, la jalousie de

votre mari, de votre amant, n'a pas d'a-
vance empoisonné les délices; et si elle n'a
pas fait des plus chères espérances de votre
maternité des terreurs sans nom !

VII

Toutes les passions ne sont pas funestes
au même degré. La passion de la gloire,
l'ambition même, peuvent amener quelques bons effets. Notre humaine nature a
besoin, on est forcé de le reconnaître, de
primes pour être encouragée à bien faire.
Toutes les passions, les pires et les moins
mauvaises, il n'en est pas de bonnes, peuvent, j'y consens, à leurs risques et périls,
mener à une satisfaction quelconque et

avoir en ce monde leur heure de triomphe,
leur profit d'un instant. Ainsi l'orgueil, la
haine, la colère, l'envie, la passion du jeu,
la soif du sang, si vous voulez. On peut
donc, sinon les justifier, au moins les con-
cevoir. Elles ont une fin, un résultat possible. Il n'en est qu'une dont on ne doive
rien attendre : c'est la jalousie, la plus
aveugle, la plus stérile de toutes les passions qui puissent jamais troubler le cœur
de l'homme. Car si elle a un but, ses efforts
eux-mêmes, au lieu de l'en rapprocher,
l'en éloignent. Son sort est de se nuire
sans cesse, et, contrairement à toutes les
autres passions, c'est alors qu'elle trouve
des aliments plus solides, de nouvelles rai-
sons d'être, qu'elle est plus misérable.
Tout son progrès est de voir grandir ses
douleurs. Elle cherche son mal avec ce soin
patient qu'un avare mettrait à chercher un
trésor. Tout se flétrit pour elle et autour
d'elle; c'est une maladie plus encore qu'une
passion, car elle connait les douleurs de la
passion sans en connaître jamais les âcres

voluptés. Maladie effrayante qui frappe toujours deux êtres à la fois, celui qui ressent le mal comme celui qui en est la cause innocente.

DEUXIÈME PARTIE.

I

Tout ceci n'est que la théorie, que la philosophie de ce mal honteux : passons au fait, cherchons la preuve ; cette preuve, nous la trouverons dans les circonstances les plus vulgaires, partant les plus terribles de la vie quotidienne. Voyons la jalousie à l'œuvre.

Votre amant est jaloux... ne lui ouvrez pas vos bras. Au milieu des plus enivrantes caresses, savez-vous ce qui le préoccupe ? C'est que d'autres peut-être les ont reçues

avant lui, c'est que d'autres peut-être les
auront après lui. Que votre amour, meilleur, plus inventif dans sa ferveur, trouve
un jour pour s'exprimer des mots nou-
veaux, des tendresses nouvelles, tout à
coup le jaloux vous repousse; son front se
charge de nuages. Savez-vous ce qui sus-
pend la vie de son cœur? J'oserai vous le
dire : hier vous ne l'aimiez pas ainsi; qui
donc vous a donné cette science? d'où
vous vient ce progrès de votre amour?

Que si, au contraire, intimidée, glacée
à votre tour par ces inexplicables défian-
ces, vous vous retenez de l'aimer : « Elle
ne m'aime plus! » — Si vous pleurez :
« Elle est coupable! » — Si de votre cœur
serré rien ne peut sortir : « Je l'ennuie! »
— Si, plus forte, si, indignée, vous faites
face à ses soupçons, si vous en appelez à sa
raison, à son esprit, à son cœur, c'est en
vain! L'homme jaloux n'a plus de raison,
n'a plus d'esprit, n'a plus de cœur; c'est
un fou, c'est un malade, c'est un méchant.

Dans votre angoisse, une bonne inspiration vous vient, vous courez chercher vos enfants. Arrêtez-vous, pauvre mère! celui qui ne croit pas au présent ne croit plus au passé. La jalousie empoisonne tout, jusqu'à la bonne odeur des plus saints souvenirs. Vos enfants, ses enfants, il se peut qu'il n'ose les serrer dans ses bras; il se peut qu'il les repousse, eux aussi! Je me trompe, dites-vous; car ses regards inquiets se sont fixés sur eux, car ses yeux se mouillent, car il fond en larmes. Ces larmes, faut-il donc vous les traduire? La plus abominable de toutes les pensées vient de traverser son cerveau : « Ce n'est pas à lui qu'ils ressemblent, à qui ressemblent-ils donc? » Cette pensée est si atroce qu'il parvient à la chasser; il s'empare d'eux, il les presse sur son cœur; mais c'est avec une tendresse si désespérée que les pauvres petits, effrayés, s'échappent de ses bras pour se réfugier dans les vôtres. Nouveau grief! rien n'est plus en votre faveur, tout est contre vous. Ce qui devrait vous réunir vous sépare.

II

La jalousie ne fait pas seulement douter
de l'honneur de la femme soupçonnée,
mais aussi de sa délicatesse, et, ne fût-ce
qu'à ce titre, la plus légère s'en devrait of-
fenser. Cependant il n'en est rien. Pour
une honnête femme d'esprit qu'un soupçon
révolte, il en est cent qu'un peu de jalousie
flatte sottement dans le secret de leur
imprudente vanité.

« Comment, ma chère, votre mari n'est

« pas jaloux ! ! mais il ne vous aime donc
» pas ? mais il ne vous trouve donc pas jo-
« lie ? Je gage que vous n'êtes point co-
« quette ! Prenez garde : il ne faut pas
« qu'un mari soit si sûr de sa femme ; vous
« serez tantôt négligée. Entre nous, depuis
« que le mien ne dort plus que d'un œil,
« j'en fais ce que je veux. Un mari qui n'est
« pas jaloux, c'est un maître ; un mari ja-
« loux, c'est un esclave, etc., etc. »

Ce qu'on oublie, c'est que, dans une voie
pareille, ne s'arrête pas qui veut ; c'est que
peu à peu l'esclave se fait tyran ; c'est que
bientôt le jaloux est jaloux de tout et de
tout le monde ; des gens que vous connaissez et de ceux que vous ne connaissez pas,
de vos amis et de vos ennemis, des vieux
et des jeunes, des beaux et des laids, des
sots non moins que des gens d'esprit, de
Dieu enfin, des hommes et des choses ! de
votre père, de votre mère, de vos enfants,
de vos tantes, de vos nièces, de tout, oui
de tout, de vos robes elles-mêmes qui vous
font plus belle, et de votre parure qui ne

brille pas que pour lui; de l'homme qui passe : « Il vous a regardée, vous le connaissez donc? » — du chanteur que vous applaudissez : « Ce que vous faites est vraiment de la dernière inconvenance; cet homme vous a certainement remarquée et la salle tout entière s'est retournée pour vous voir! » J'ai connu un homme de beaucoup d'esprit et d'un grand goût, très-bon musicien surtout, qui avait fini par trouver très-sincèrement que Lablache, Rubini et Duprez n'avaient jamais eu l'ombre de talent : il faut dire que sa femme trouvait que Grisi était laide, Rachel commune et abominable , que Madeleine Brohan n'avait point de beauté, et que sa sœur ainée, la soubrette, ne pouvait être qu'une pécore, affreusement laide d'ailleurs et visiblement bossue.

Vous ne faites pas un pas que le soupçon de l'homme jaloux ne vous suive. Et si ce n'était que ses soupçons ! mais il n'est nulle part où il ne prétende vous accompagner de sa personne. Comme les habi-

tants d'un pays dont parle saint Augustin,
lesquels, n'ayant qu'une jambe, ne pou-
vaient marcher que deux par deux, le
jaloux ne comprend pas qu'on marche
jamais seul. — « Est-ce bien à l'église que
« vous étiez, et à quelle place?—Vous avez
« été au bain : bizarre idée par le temps
« qu'il fait! — Vous revenez des Tuile-
« ries, le sot endroit! Vous y enrhumerez
« votre fille, si vous ne l'y rôtissez pas! »
A bout de patience, vous vous retirez dans
votre appartement et le laissez seul avec
votre enfant. Il hésite un instant; puis
bientôt, prenant l'innocente créature sur
ses genoux, la honte et la sueur au front :
« Chère petite, qu'as-tu fait aujourd'hui,
où as-tu été avec ta maman? »

Allez-vous dans le monde? Avez-vous été
au bal de madame A.? « Vous avez trop
« parlé à M. B.; M. B. est un fat; il en
« prendra avantage de façon à nuire à votre
« réputation.—Vous n'avez rien dit à M. C.,
« il paraît que vous n'avez plus rien à lui
» dire; il faut être bien d'accord pour ne

« se pas même aborder une fois pendant
« une nuit tout entière. — Vous avez valsé
« avec le général D., il faut espérer que
« cette valse sera la dernière. — Vous avez
« polké, vous ne polkerez plus ; un temps
« ne peut manquer de venir où une hon-
« nête femme n'osera convenir qu'elle a
« aimé la polka. Et d'ailleurs pourquoi
« dansez-vous? Croyez-vous qu'il soit gai
« de voir la femme qu'on aime emportée
« par le premier venu aux sons d'un or-
« chestre endiablé? Dites que vous êtes
« malade, pardieu! dites que vous avez la
« goutte. Vous n'avez que vingt ans? la
« belle réponse! Tout le monde sait que
« votre père en souffre depuis trente ans,
« vous la tenez de lui; vous avez bien son
« nez à votre père! » Et encore : « M. E.
« étalait à sa boutonnière une fleur pareille
« à celles qui composaient votre bouquet,
« qu'en avez-vous fait de votre bouquet? »
Et puis : « Vous avez laissé tomber deux
« fois votre mouchoir. » Et puis : « Ne
« pouvez-vous garder votre éventail en

« dansant ? Cela était convenu sans doute
« avec votre cousin qu'il s'en constituerait
« le gardien. Veut-il votre mort, votre
« cousin ? Il vous a apporté cinq glaces, je
« les ai comptées... »

Mais, mon ami, il les a mangées toutes
les cinq. — « Soit, mais ce qu'il vous a dit
« chaque fois qu'il vous les a offertes, ces
« glaces, l'a-t-il mangé aussi ? Ne serait-ce
« poiht indiscret de vous demander ce que
« ce pouvait être ? » — Vous le voulez ?
soit. Mon cousin est gros, mon cousin est
gras, mon cousin transpire beaucoup, il
m'a dit cinq fois de suite et sans varier
d'une intonation : — « Eh bien ! ma cou-
« sine, puisque vous refusez cette glace,
« je la garderai pour moi ; il fait une hor-
« rible chaleur, je meurs de soif et suis
« tout en sueur. » Êtes-vous content ?
bonsoir !

Enfin vous êtes chez vous, vous êtes
toute seule, vous vous croyez tranquille :
il n'en est rien. Votre mari frappe à votre
porte : — « Tiens ! vous lisez ; quel livre

« lisez-vous ? Un livre de M. Hugo ? — Non.
— « De M. Alfred de Musset, alors, ou de
« M. Dumas ? Vraiment nos chefs-d'œuvre
« classiques ne peuvent-ils vous suffire ?
« Sied-il que vous lisiez des livres de gens
« que vous pouvez rencontrer dans le
« monde ? Croyez-vous peut-être que ce
« qu'ils ont mis sur le papier soit demeuré
« dans leurs cœurs ? Détrompez-vous, le
« meilleur de ceux qui font ce métier y a
« usé le peu qu'il a pu valoir et ne vaut
« pas les quatre fers d'un chien. »

Vous montrez le titre du livre : *La Mare
au Diable*, de George Sand. Chacun sait
ce que vaut ce trésor, un des plus purs
diamants de notre langue. — « Hum ! ré-
« pond le jaloux, est-il bien sûr que cet
« homme célèbre soit une femme ? »

Que vous dirai-je ? Si ce n'est pas à l'au-
teur que peut s'en prendre sa jalousie, il
s'en prendra au héros du livre ; Saint-
Preux, Lovelace, Roméo, tous les amants,
tous les fats célèbres sont ses ennemis per-
sonnels. Ne louez rien ni personne devant

lui, tout' éloge lui fait mal. Vous allez au Louvre : — «A qui ressemble cette tête que « vous trouvez si belle? » Vous répondez : «C'est un christ, » et vous vous croyez quitte; il n'en est rien. Pour le mari jaloux, tout homme qui a une barbe rouge est le fils de Dieu devant lequel prie sa femme. Ne lisez pas le journal : l'orateur qui a eu un succès à la tribune, le prédicateur dans sa chaire, le général victorieux en Afrique, l'homme du peuple qui vient de faire un trait héroïque, le héros du jour quel qu'il soit, celui dont le portrait est dans *l'Illustration* de la semaine, si peu flatteurs que soient les peintres ordinaires de cet honnête journal, tout lui porte ombrage, oui, tout et tous. Fût-il un homme de génie lui-même et, ce qui est plus rare, un homme de cœur, l'homme jaloux en arrivera à craindre un rival jusque dans son palefrenier; car l'homme jaloux, ce n'est plus l'amant qui aime, c'est le propriétaire qui se fâche, c'est l'ennemi qui toujours veille; c'est, en un mot, l'amant qui déteste, justifiant ainsi le mot de Properce : « Il n'y a de haines implacables que celles de l'amour. »

III

Que si, quittant l'homme jaloux, nous demandons à la femme jalouse ce qu'elle est à son tour... le tableau changera peu : mêmes causes, mêmes effets. — « La jalousie est la plus dangereuse condition des femmes, dit Montaigne, comme de leurs membres la tête. »

J'ajoute seulement que si vous êtes jalouse, il y a tout à parier que ce qui n'existe pas vous allez le créer, et que ce qui existe

vous allez l'empirer. En effet, c'est dans
les bras de la femme qu'il aime que l'homme
intelligent doit trouver au jour le jour la
force de triompher dans le dur combat de
la vie. Vous êtes, vous devez être son repos, son asile, son refuge, sa consolation,
sa paix. Il doit vous quitter meilleur et plus
près de bien faire. Si c'est un artiste, soyez
sa muse; si c'est un commerçant, vous êtes
sa probité; si c'est un soldat, un homme
politique, vous êtes son courage et sa raison. C'est à vous de l'envoyer au combat
ou à la prison, pour son pays ou pour sa
foi, si son honneur le lui commande. Blessé,
c'est à vous de le guérir; vainqueur, c'est
à vous de le glorifier; vaincu, c'est à vous
de le relever de sa défaite; méconnu, c'est
à vous de lui faire accepter l'ingratitude de
ses concitoyens. Mort, vous êtes sa veuve,
c'est à vous de le pleurer, et de faire que
ses enfants soient ce qu'il fut.

Or, si vous êtes jalouse, vous n'êtes plus
bonne à rien de tout cela; vous êtes l'en-
nemie de son talent, de sa gloire, de son

patriotisme, de son honneur, vous êtes l'en-
nemie de sa vie même, car sa mort seule
pourra vous rassurer. Sa mort, dites-vous?...
Et vous refusez de me croire.

Suivez-moi donc!

Nous sommes à Paris en février, en juin,
en décembre, je ne veux pas préciser. Nous
entrons dans un hôtel bien connu, rue
de ***, vous y dansez tous les hivers. Lais-
sons le grand escalier, prenons celui-ci à
droite, montons quelques marches, et tai-
sez-vous. Vous savez où vous êtes. Ce
splendide oratoire, vous le reconnaissez...
C'est celui de la belle madame de B***; une
femme s'y trouve; certes elle n'est pas seulement belle, elle est jolie, elle est charmante... Avez-vous jamais vu autour d'un
plus attrayant visage de plus beaux et de
plus doux cheveux? C'est de la soie, c'est
de l'or fin, c'est tout un trésor; et ce pur
ovale qu'ils encadrent, c'est celui d'un
ange, que dis-je? c'est celui d'un archange.

Mais qu'a donc aujourd'hui cette suave
créature? Ses paupières sont rougies, son

regard est troublé. L'heureuse, la brillante
Pauline de B*** aurait-elle pleuré? Hélas!
elle pleure encore! et, tenez, voilà qu'elle
tombe à genoux : ses yeux suppliants se
tournent vers le crucifix : .comme elle est
pâle !... on dirait un fantôme en prière...
car elle prie...

Écoutez sa prière, c'est la prière d'une
femme jalouse... d'une femme jalouse qui
attend. Vous connaissez George de C***?
c'est lui qui est attendu.

PRIÈRE

D'UNE FEMME JALOUSE.

« Mon Dieu ! il y a trois heures, trois
» siècles que je l'attends ! Faut-il attendre,
« faut-il espérer, faut-il souffrir encore ?
« Faites, ô mon Dieu ! qu'il ne soit nulle
« part où mon amour ne puisse être avec
« lui ! Faites que ce qui le retient loin de
« moi ne soit le vœu ni l'oubli de son
« cœur. Faites que ces heures lui soient
« longues, qu'elles lui soient mortelles et
« éternelles comme à moi ! Faites, grand
« Dieu ! que pendant que je verse ces lar-

« mes amères et que ma poitrine éclate en
« sanglots, la joie ne soit point dans son
« âme et le sourire sur ses lèvres ! Faites
« que rien de léger, que rien de sérieux
« surtout ne l'arrête !

« Où est-il ? Dieu puissant !—Dieu cruel,
« où peut-il être ?... Une autre, ah ! peut-
« être une autre ! — Mais, non, non. —
« Mon Dieu, soyez béni ! celui que j'aime
« n'est point coupable, je l'accuse à tort.
« Une voix amie me dit que je fais mal de
« me plaindre, que mes pleurs l'outragent.

« Lui infidèle ! lui lâche ! oh ! loin de
« moi, Seigneur, le soupçon d'une misère
« si grande ! Quelque obstacle imprévu, ma-
« tériel, insurmontable à son courage, à
« l'amour lui-même, nous sépare, et non sa
« volonté. Merci, Seigneur ! un accident,
« un piége, que sait-on ? un danger... Il est
« blessé peut-être, et non parjure... »

(Tout à coup on entend le canon gronder dans le loin-
tain ; une vive fusillade s'engage dans la rue voisine ;
la maison s'ouvre avec fracas ; un homme entre, pâle
et sanglant ; il tombe épuisé aux pieds de Pauline,
c'est George de C***.)

« Je le savais bien, Dieu juste! » reprend la femme jalouse en se redressant, le regard plein de reconnaissance, et, je dois le dire, de triomphe! « je le savais bien, « Dieu clément, que vous l'auriez tué « plutôt que de le laisser se couvrir d'une « tache si noire!... »

Pauline de B*** est un monstre, dites-vous? vous ne la reverrez de votre vie! Dieu soit loué, chère lectrice, vous n'êtes donc pas jalouse! Ne le soyez jamais, car cette prière barbare, cette prière impie, vous ne tarderiez guère à la comprendre et vous la retrouveriez bientôt avec épouvante, sinon sur vos lèvres, au moins au fond de votre cœur. Pauline est le plus doux être du monde, vous le savez bien; ce n'est point elle qui est féroce, c'est la jalousie. La petite prière que vous venez de lire est, — demandez-le à celles de vos amies que vous savez capables de bonne foi, — cette petite prière, dis-je, est une des plus humaines, une des plus *clé-*

mentes qui puissent sortir d'un cœur jaloux.
Qu'est-ce qu'un vœu cruel, après tout?
Qui est-ce qui n'a pas plus ou moins massa-
cré, par pensée, par désir, et par paroles
même, l'être qu'il aime, dans des heures
de doute? Tant que du vœu on ne passe
point à l'action, qu'importe? Où la *Gazette
des tribunaux* perd ses droits, qui pourrait
trouver à redire?

La jalousie ne s'arrête pas toujours en
chemin; je n'ai pas besoin de le prouver,
j'en trouverais en une heure mille exem-
ples. Si Pauline a été servie plus qu'à souhait, est-ce sa faute? L'émeute ne gronde
pas toujours dans Paris tout à point pour
exaucer les pauvres femmes jalouses ou
punir les amants infidèles, voire les amants
qui retardent, ce qui est, j'en conviens,
le commencement de l'infidélité.

Toujours est-il que vous ne danserez pas
l'hiver prochain à l'hôtel de B***, et que
vous ne rencontrerez pas de sitôt au bois
George de C***. Ce n'est pas qu'il soit
mort; sa blessure, grâce au ciel, n'était pas

mortelle. Pauline , l'ange que vous accusiez tout à l'heure, après avoir passé quinze jours et quinze nuits à son chevet, le voyant mieux portant, obtint pour lui, secrètement, de la grâce d'un ministre qui n'avait rien à refuser à une jolie femme, un ordre d'exil, auquel d'ailleurs il avait des droits sérieux.

Un de ces jolis passe-ports dont la mode est venue nouvellement, et qui ont fait glisser silencieusement, de Paris à l'étranger, et en quelque sorte comme sur le velours, un grand nombre de Français, parvint un beau matin à George de C***, convalescent : il le trouva sous son oreiller. Pauline, ivre de joie, a quitté la France avec lui ; la France, où d'autres qu'elle avaient pu l'aimer.

Ils voyagent. Leur parti est pris de ne plus s'arrêter. « Le mouvement perpétuel n'a point le temps d'être infidèle, » dit Pauline, aujourd'hui madame de C***. J'ai rencontré par un temps affreux, au plus haut du Drakenfels, en face des ruines

sentimentales du Rolandsek, ces deux juifs-
errants de la jalousie. On s'y voyait à
peine à trois pas, tant les brouillards du
Rhin étaient épais, et j'aurais bien parié
cent contre un que pas un autre que moi
ne pouvait avoir choisi un temps pareil
pour une semblable ascension. J'avais
compté sans la jalousie. « C'est le temps
que nous préférons, me dit George en
souriant; quand le soleil se montre, il faut
bien en prendre son parti; mais choisis-
sant alors les promenades impossibles,
nous allons partout où il n'y a personne.
Connais-tu un désert quelque part, sur
les bords que voici, où que ce soit, un lieu
riche en brouillards et veuf d'habitants,
une solitude, une thébaïde, indique-le-
nous; si c'est le chemin de son repos,
ajouta-t-il en jetant un regard plein de tendresse et de compassion sur sa compagne,
je le prendrai de grand cœur avec elle. —
La jalousie a du bon, dit-il encore; pour
garder il faut qu'elle donne... Sans elle, je
ne tiendrais point ainsi Pauline sous mon

bras... » — « Oui, la jalousie a du bon, » me dit Pauline, essayant de répondre à ma pensée que trahissait seul mon silence, car je n'avais rien dit : « N'être point jaloux ou jalouse, c'est être un fat ou une coquette. Est-on seul digne d'amour en ce monde, et n'est-ce point une grâce qui nous est faite d'être aimés, à côté d'autres qui vaudraient mieux que nous peut-être ? La jalousie n'est pas toujours la défiance de celui qu'on aime, c'est aussi la défiance de soi-même. La modestie est-elle un défaut ? Être jaloux, ce n'est rien qu'être modeste. » — « On ne saurait mieux défendre son mal, lui répondis-je ; j'essayerai donc de faire un jour l'éloge de la jalousie, pour aujourd'hui je n'y ai pas de goût. » — « L'éloge de la folie a bien été fait, » me dit-elle ; et nous nous séparâmes.

D'éloge en éloge, on en viendrait à devoir un éloge au brouillard, pensai-je tout en descendant la montée dans les ténèbres, au risque de me rompre le cou. Chose bizarre, le mal lui-même a des amis :

on regrette tout en ce sot monde ; on vivrait avec la peste, et elle s'en irait un beau jour qu'elle trouverait des gens pour la pleurer.

Un temps viendra peut-être où nous pleurerons notre exil, et où nous regretterons dans la France endormie ce métier de Polonais auquel on nous réduit aujourd'hui.

IV

A CEUX DE MES LECTEURS QUI NE SONT PAS
DE MON AVIS.

Mais, me diront les gens qui croient que tout dire est possible, et qu'il y a réponse à tout, si vous avez raison dans ce que vous venez de dire de la jalousie quand elle n'est pas justifiée, s'ensuit-il que vous ayez raison dans toute autre hypothèse?

Il n'y a pas que des femmes, il n'y a pas non plus que des maris fidèles en ce monde. Il n'est pas sans exemple, dit-on, que depuis notre premier père, et en le comptant, hélas! quelques maris aient été trompés par leurs femmes et que quelques femmes aient été trompées à leur tour par leurs maris. Ces mots : ingratitude, perfidie, trahison, ne passent pas pour être des sinécures dans le Dictionnaire ; leur application a trouvé, plus d'une fois sans doute, à se faire. Les liens les plus doux, les nœuds les mieux formés se relâchent parfois, et si quelques-uns sont à l'épreuve du temps lui-même, il en est un assez grand nombre, en revanche, qui se rompent violemment ou se dénouent tout au moins autrement qu'à l'amiable.

Que direz-vous à l'homme qui ne peut douter de son malheur? Lui prêcherez-vous la confiance, à celui-là, cette confiance sainte, sans laquelle, selon vous, il n'est pas d'amour?

A quoi je réponds : C'est précisément parce que, selon moi, il n'est pas d'amour sans confiance, que je refuse le droit de se dire jaloux à l'homme qui, se sachant trompé, n'a plus l'emploi de cette confiance nécessaire à l'amour.

La probité de notre langue est telle que le même mot ne saurait évidemment être propre à deux situations différentes : or on ne niera pas que, si quelque chose diffère du doute, c'est à coup sûr la certitude.

Si donc l'homme aimé peut être appelé à bon droit un jaloux dès qu'il ouvre son cœur au soupçon, comment serait-il encore un jaloux quand son état est complétement changé et que le soupçon a été tué en lui par la certitude ?

Hier son bonheur n'était que malade, aujourd'hui il est mort : donnerez-vous le même nom à la maladie et à la mort ?

La jalousie implique le doute ; là où il y a certitude il n'y a donc plus matière à jalousie.

A l'heure même où le sort de l'homme jaloux est fixé, son mal change de nom. Il n'est plus jaloux. Il est ce que Panurge ne voulait pas, et ce que vous-même ne voudriez point être, cher lecteur.

Son sort est-il pire? est-il moins mauvais? Ce n'est pas ici le lieu de le résoudre. Son cas n'est plus celui qui nous occupe.

On n'est jaloux que de ce qu'on possède. Celui qui ne possède plus a donc perdu le droit d'être jaloux. Celui qui ne possède pas encore ne l'a jamais eu; le sentiment d'envie qu'allume dans son cœur la vue de ceux qu'on peut lui préférer n'est point de la jalousie.

L'homme qui n'est pas aimé n'a qu'un droit : celui de se faire aimer s'il le peut. S'il ne le peut pas, qu'il se console : les amoureux et les pêcheurs doivent savoir qu'il est des jours où on pourrait jeter à la rivière un filet d'or sans en retirer même un goujon.

V

Et d'autre part.....

Beaucoup parmi les meilleurs s'élèveront, faute d'y avoir assez songé peut-être, contre ce que j'ai dit de la passion. « Quoi, diront-ils, ce qui est fort n'a pas besoin d'être violent? C'est votre avis? Croyez-vous donc que la poésie puisse s'accommoder de cette perpétuelle domination de la mesure sur l'excès, du juste sur l'injuste, donnée comme dernier terme de la puissance? Vous mettrez au cachot, ce qui a besoin d'air et d'espace! » A ceux-là, ce sont les poëtes, je pourrais ré-

10

pondre que ce qu'il y a de plus fort au
monde, je veux bien que ce soit le poëte,
le poëte de génie, mais que je déclare qu'il
n'en est pas de si fougueux, de si violent
qui n'ait, par ce seul fait qu'il a su faire
entrer sa pensée dans la mesure inflexible
du vers, donné au monde entier une
preuve de patience extrême et d'empire
infini sur lui-même. Personne plus que
le vrai poëte ne sait donc la valeur des
mots, car personne n'a été, aussi souvent
que lui, astreint à tourner et à retourner
les mots sous toutes leurs faces, à les pe-
ser, à les flairer, à les choisir, à les sentir,
à les mesurer, à compter leurs membres
et jusqu'aux lettres qui les composent.
M. Jourdain faisait de la prose sans s'en
apercevoir, le monsieur Jourdain de la poésie est certes encore à trouver! Avec les
poëtes il doit donc être facile de s'entendre sur la valeur des mots; or, la querelle qui pourait m'être faite ici n'est en
effet qu'une querelle de mots.

S'il ne manque pas de gens qui confondent la passion avec l'amour, il n'en manque pas non plus qui confondent la force avec la violence : la force, c'est-à-dire tous les efforts nécessaires au but qu'il est juste d'atteindre ; la violence, c'est-à-dire tous ceux qui le manquent, tous ceux qui passent par-dessus, par-dessous, ou à côté. Qu'est-ce que la violence, si ce n'est la force qu'on emploie mal, la force qui ne voit plus clair, qui ne dirige plus ses coups, force perdue par conséquent ?

Non, la violence n'ajoute rien à la force, la force sans la violence peut seule accomplir tout ce qui constitue la vraie puissance. Son champ est immense, le juste est aussi vaste que l'injuste, la force a toujours et partout suffi à ce qui a été équitable, grand et même terrible.

Tacite, Juvénal, Dante, sont violents, direz-vous ! Non, ils sont forts ; car ils sont dans le vrai. Rien de ce qui est vrai n'est violent. Jérémie appelle Achab un fumier, il a raison. David appelle Babylone une prostituée, il a raison. Si Babylone est une prostituée, comment voulez-vous qu'il l'appelle ? — On raconte qu'on vit arriver autrefois dans une petite île un étranger pensif qui, les yeux fixés vers le point de l'horizon d'où il semblait être venu, jetait aux vents dans un langage *tout fumant de colère* des imprécations terribles. Il appelait fumier, lui aussi, et pis encore, un homme, un chef de pirates, disait-il, qui, après s'être emparé par trahison du pouvoir dans le pays où il était né, avait injustement banni de ce pays tous les hommes marquants qu'il n'avait point osé faire périr, et cela en si grand nombre qu'on ne pouvait plus faire un pas dans l'univers sans marcher sur quelques proscrits de cette nation infortunée errant comme des ombres inquiètes, ceux-ci loin, ceux-là autour de leur patrie perdue.

L'histoire ajoute que les vents, servant à souhait l'exilé, portaient jusqu'aux oreilles du tyran les cris de sa victime, mais qu'il faisait semblant de ne pas les entendre, parce qu'il n'aurait rien eu à lui répondre.

Les habitants de l'île, en écoutant les chants irrités de l'inconnu, se disaient : Celui-là est violent qui parle un tel langage ; car ils ignoraient encore qu'il disait la vérité. Mais ils l'apprirent plus tard, et chacun convint alors que le plus violent n'était point le poëte inspiré appelant la punition sur le coupable, mais celui qui se taisait après avoir commis des crimes et qui jouissait du fruit de ces crimes.

La violence n'est donc point une affaire de simple apparence ; si elle a les mêmes allures, les mêmes armes que la force, elle n'en fait point le même usage.

Le Christ un jour s'arma d'une verge, il chassa les vendeurs du temple, et il frappait *de toutes ses forces,* dit saint Chrysostome. La verge était-elle violente? non ; la verge n'est qu'un fait, ce n'est qu'un instrument. Forte dans la main du Christ contre les vendeurs, elle eût été violente dans sa main même si, confondant, contre son divin précepte, l'ivraie avec le bon grain, il eût chassé du temple ceux qui y priaient en même temps que ceux qui le souillaient.

Direz-vous que c'était la passion qui armait le Christ? non. La passion aveugle n'eût pas choisi. C'était l'amour, c'était la justice, exempte de passions toujours. La passion humaine eût dit : Tue, extermine les coupables; l'amour humain se fût borné à dire : Amende-les et pardonne-leur; l'amour divin dit davantage encore, car il dit : Rachète leurs fautes par ta mort même. Oui, le Christ a chassé les vendeurs du temple, mais il ne les a pas tués, et il est mort pour leurs péchés, — comme pour les nôtres, chère lectrice.

Bruxelles, 1852.

TABLE.

DEUXIÈME PARTIE.